Matt Monte

Was das Truthuhn tut nun

Mit einem Nachwort von Heinzgert Friese

Für Waltraud
&
Wolfram
&
SUNNY
von
Matt Monte (Rocky)
am
12.07.07

Für Ella, Gregor-Louis, Paul

Wiethase Verlag

Was das Truthuhn tut nun,
wird dem Truthuhn gut tun.

Age fac, gallina, propera!
Bene acta tibi opera!

Der Goldschakal, der sich entschlackt,
dir gern drei Golddukaten kackt.

Canis aureus cum cacabit,
tribus aureis te placabit.

Der Kopf des Steinbocks ist so rot -
das kommt vom harten Steinbockkot.

Caput hirci facit rubrum
excrementum hirci durum.

Hunde die beim Koten laufen,
bringen´ s nie zu einem Haufen.

Canis cum cacans currit,
cumulos cumulare nequit.

Harro hörte auf zu laufen -
jetzt ist er der Herr der Haufen.

Non iam currit Harrius,
cumulorum nunc est dominus.

Das Nilpferd blickt zufrieden -
wer scheißt schon Pyramiden?!

Hippopotamus sibi ipsi placet:
Piramidas quis est qui cacet?

Der Pfau muss wieder übertreiben -
er macht sein Würstchen gleich in Scheiben.

Pavo iterum modum excedit,
in orbiculis merdam expedit.

Die Grille hat zwei Blitzableiter -
bei Blitz und Donner scheißt sie weiter.

Cicadae, quibus fulminum deductores sunt,
et in tempestate cacatores constantes sunt.

Der Eisbär kackt so schnell er kann,
sonst friert bei ihm das Würstchen an.

Arcticus ursus cacat celerrime,
merda ne ursi frigeat acerrime.

Das Mäusekind zieht sich zurück
und macht sein erstes Meisterstück.

Musculus nunc se recipit
opus primum sic perficit.

Vom Dach schimpft hier die Lachmöve:
„Ich bitte dich, jetzt mach, Löwe!"

De tecto alto ridet larus,
nec leo cacans ei est carus.

Das Krokodil hat nicht gekaut,
beim Defäkieren stöhnt es laut.

Qui fit, ut crocodilus magno cum gemitu cacet?
Non manducavit, nunc stratus iacet.

Die Schneegans krümmt sich in die Hocke
und macht - na was wohl - eine Flocke.

Tutum anser quaerit locum,
ut propensus cacet floccum.

Der Wolf schätzt die Geselligkeit -
entleert sich gern auch mal zu zweit.

Lupi sociales sunt bestiolae,
amantes minime cacare solae.

Das Truthuhn ruht nun.

Bene acta nunc sunt opera.

Sehen und Scheißen

von Heinzgert Friese

Viele Menschen sehen nichts beim Scheißen oder glauben nichts zu sehen, obwohl ihnen die Augen übergehen können vom Pressen. Versunken in die Arbeit am Ausdruck, fahren sie gleichsam aus in eine Leichtigkeit des Seins, die in denkbar größtem Gegensatz stehen kann zur visuellen Fixierung der Objekte und an die objektive Welt. Der Gegensatz von Sehen und Scheißen kommt auch darin zum Ausdruck, dass Scheiße unser Auge beleidigt, dass sie immer noch ein großes Tabu ist. Die spektakulären Malakte Mühls und der Wiener Aktionisten haben trotz oder gerade wegen der Ästhetisierung des Hässlichen in der Skandalisierung das Tabu bestätigt. Seltsamerweise schreitet indessen die öffentliche Toleranz gegenüber der metaphorischen Verkotung der äußeren Welt unaufhaltsam voran: Scheißregierung, scheiß Bildzeitung und scheiß Fernsehen: Mit solchen Kraftausdrücken setzt man auf den fremden Haufen den eigenen, diskret darüber hinwegsehend, dass solche Reviermarkierung gut tut. Entscheidend ist also nicht nur, was hinten rauskommt, sondern, dass was rauskommt, und sei es vorne. Zudem weist der Unterschied der affektiven Bedeutung von Scheiße-Sehen und Scheiße-Reden auf die Übertragungsqualitäten des Scheiß-Erlebnisses hin. Das bezieht sich nicht nur auf die Verlagerung von anal zu oral, also am eigenen Körper, sondern auch auf eine verbale, sprachbildliche Bräunung der Welt, die so das Gleichgewicht zur inneren Scheiße hält.

So mag es denn der ästhetischen Hygiene dienen, einmal auf wirklich Scheißende zu schauen: Einerseits, um über unseren blinden Ausdruck zu reflektieren, andererseits, um einen unverhohlenen und ungeheuchelten Blick auf eine Wirklichkeit zu werfen, die so lebensnotwendig wie das Atmen, Ernähren und Lieben ist – und zudem noch guttut. – Alle Normen sind gedanklich umkehrbar; ja sie könnten ohne Umkehrbarkeit nicht sein. Verbote zum Beispiel stellen geradezu die Umkehrung qua Negation dar: Du sollst nicht.... Also: Pourquoi pas gemeinsam mit Freunden oder Bekannten um eine Tafel, auf einem WC sitzen (natürlich jeder auf seinem eigenen Stuhlgang) und sich zuweilen, mit einer Entschuldigung, in ein privates Kabinett begeben, wo man hastig und verschämt ein halbes Hähnchen verspeist, woraufhin man zurückkehrt zu den konversierenden Scheißern? Diese Szene stammt aus dem Film „Das Gespenst der Freiheit" von Bunuel, aber auch sein Titel für einen anderen Film könnte hier passen: „Der diskrete Charme der Bourgeoisie" (1) – Matts kackende Tiere wahren hier insofern eine charmante Diskretion, als es Tiere sind. Und obwohl wir denken können, dass auch wir beim Scheißen Tiere sind, also außerhalb der Bourgeoisie, möchte ich die Betonung doch auf den metaphorischen Charakter dieser so ganz anderen Lebewesen legen, die sprechen können und uns etwas vormachen, gleichsam als Hebammen des Stuhlgangs. Im Unterschied zur antiken Baubo, welche die Gebärenden durch den Anblick ihrer offen lachenden Vulva zur Niederkunft animierte, wahren Matts Tiere auch insofern Diskretion, als sie uns nicht ansehen, während wir sie ansehen.

Allerdings gibt es eine bedeutsame Ausnahme, die ein Schlaglicht auf die tierischen Existenzen wirft: Das ob seiner formidablen Kunst zufriedene Nilpferd hält sein massiges Tönnchen, wenn auch schräg versetzt, auf der zentralen Bildachse. Sein gegen-schräger, gleichwohl fixierender Blick von unten korrigiert die leichte Devianz und bekräftigt durch die Wiederherstellung der Bildgeometrie den Kunstcharakter seiner geometrischen Werke. Diese aber sind symbolisch eingebettet in das große Werk der pyramidalen Landschaft, aus deren Schoß das Pferd des Nils gleichsam kommt. Sie weisen über die scheiß Ordnung der Perspektive hinaus auf den Raum seines Schöpfers. Wenn dich also das Nilpferd als Einspiegelung des künstlerischen Wurfs ansieht, so sieht dich symbolisch der Bildcharakter selbst an. Immer sehen einen Bilder auch an (erst recht mit Perspektive). Dies die Einschränkung der Scham von Tieren, die zur Seite sehen: dass sie es auf Bildern tun. – Mancher mag zwar wähnen, Harro sehe ihn an, Harro, der Herr der Haufen. Doch diese Täuschung liegt am Bild-Medium. Harro sieht nur in die Nacht, sieht aber nix, genauso wenig wie jene 'Augen in der Nacht' zum Quadrat: die Laternen. Sie erzeugen eine dunkle Ausblendung auf dem Trottoir, eine obskure Fensterkreuzung. Dieses Bild, das an die Pariser Nachtphotos Brassais erinnert, sagt dem, der sich von Harro angeschaut fühlt: Tua res agitur, in deiner inneren Nacht..

Überhaupt sind Hunde Hauptdarsteller in diesen Nachtstücken verpönter 'Situation'. Hunde und Vögel. Das mit den Vögeln ist besonders erstaunlich; denn selbst größeres Geflügel wie Pfau, Schneegans und Truthuhn scheißt nicht im engeren Sinne, da es nur über eine gemeinsame Kloake für dünn und dick verfügt. Die Vorliebe fürs Federvieh ist umso erstaunlicher, als Matt eigentlich hard-Kot bevorzugt, Meisterstücke aus Würsten, Pyramiden, klingende Münze in Sparschweinen, Pfauentaler, Eisbär-Granaten und Gesteinbockbrocken. So fehlt denn nicht nur das Gepladder von Kuhfladen, sondern auch von der Vogeljauch' spürest du kaum einen Hauch. Es handelt sich hier um eine künstlerische Reduktion zugunsten der Kontrastwirkung von Kacke und Pastell, sodass wir uns die Anmutung der zarten Farben als Sublimation der Schmierage vorstellen dürfen. Was aber ist nun das Gemeinsame von ins Bild scheißenden Hunden, zu denen wir die Hundeartigen Wolf und Schakal hinzuzählen, und den Vögeln, von denen wir den eigentlichen Auswurf fast nie zu sehen bekommen? (Höchstens können wir, da das Truthuhn Anfang und Ende des Buches bildet, welches sozusagen die Mitte seines Geschäftes vertritt, sagen, dieses Buch selbst sei höhere, weil Feder-Halter-Scheiße.(2) Nun, das Gemeinsame von Hund und Vogel ist die sexuelle Konnotation. Die attraktivste Frau des Altertums, Helena, wird schon bei Homer "hündisch" genannt (was ihrer Attraktion keinen Abbruch tat). Die diskreten Heuchler waren damals schon von Ambivalenzen geplagt. So ist denn auch diese Schamlosigkeit [exorzierter innerer Schweinehunde] keine Schranke zu höheren Formen der Gesellung, wie die beiden Wölfe Matts zeigen, die statt einander Wolf zu sein, den Verkehr zu zweien pflegen. Ob solch feiner Gesittung ist selbst das (noch) 'ungerissene' Schaf hingerissen.

Was Vögel, die selbst beim Fliegen 'abdrücken' können, mit dem Vögeln zu tun haben, bedarf keiner weiteren Erläuterung. Nur sei noch auf die Tatsache verwiesen, dass man beim Federvieh insofern vom Loch der Löcher sprechen kann, als es hier auch zur Insemination hineingeht. Damit soll nicht dem Analverkehr eine Lanze gebrochen werden, es zeigt nur, wie nahe das Hinein-Heraus-Spiel an der Umstülp-Erfahrung des Kackens liegen kann. Andererseits wissen wir seit den hochfliegenden Plänen von Ingenieuren wie Dädalus und Leonardo, wie sehr der sexuellen Bedeutung des Fliegens die hochgeistige Übertragung ins schöpferische Denken aufhocken kann. Hund und Vogel verkörpern so die niedere und höhere Minne oder, in einer anderen Tradition, die irdische und die himmlische Liebe. All dieser Tiefsinn ist aber bei Matt in zauberische Anmut verwandelt, wenn die Schneegans – ich nenne sie Beatrice – auf dem Dach der Hundehütte eine Flocke macht. Der Hund Dante scheint in einer beschränkteren Welt aus Hütte und Napf zu leben. In eine andere Richtung sehend, entledigt er sich seiner Flöhe in hündischer Lust. Doch Floh und Flocke sind durch Dantes Blick zum Himmel verbunden, an dem ihm ein schweifendes Licht erscheint, Vorschein eines höheren. Der unverstellte Anblick der Schneegans, ganz, würde ihn blind gemacht haben, zuviel nackte Wahrheit. Doch an der Flocke hat er ein Versprechen – wie wir es am Bild haben...

Alles Sichtbare indessen wird nur dann zum Eräugnis, wenn wir die Flachheit, die unsere Bildersucht selbst der unendlichen Tiefe des nächtlichen Sternenhimmels aufdrückt (‚Sternbilder'), als Klopapier wissen unseres Ausdrucks. Ohne die Erfahrung der Interpenetration der Körper und des Körpers mit der Welt liest jeder Blick nur Daten ab, die kein Innen/Außen und keinen Unterschied von 'eigentlich' und 'übertragen' (bildlich) kennen. In Zeiten, wo das Sehen immer flacher wird, zeigt die Schau scheißender Kreatur, was am heutigen Bild-Sehen fehlt. Das Visionäre kommt halt von innen. Schon Günter Eich donnerte vom Balken:

...umschwirrt von funkelnden Fliegen,
...Irr mir im Ohre schallen
hocke ich in den Knien...
Verse von Hölderlin (3)

1) Freilich zeigt die Umkehrung sogleich, dass die Verbedeutung der Stoffwechselrichtungen nicht gleichgültig ist. Dem Singenden ist das Einatmen nur Luft. Sozialer Verkehr und Kommunion lassen sich als gegenseitiger Verzehr besser semantisieren als die Gegenüberstellung von Auswürfen.
2) Die Papierrolle des Truthuhns reflektiert allegorisch das Papiermedium seiner Erscheinung.
3) Günter Eich, >Latrine< in: K. O. Conrady, "Das große deutsche Gedichtbuch", Ffm. 1978, S. 898.

Texte und Illustrationen:
Matt Monte

Nachwort:
Heinzgert Friese

Layout:
Hendrik Wiethase

Lateinische Version:
Peter Bux
Rolf Kirmaier

Erste Auflage 2004 erschienen im Wiethase Verlag.

Printed in Germany